2042

Translated to Spanish from the English
version of 2042

Amar B. Singh

Ukiyoto Publishing

All global publishing rights are held by

Ukiyoto Publishing

Published in 2024

Content Copyright © Amar B. Singh

ISBN 9789360496357

All rights reserved.

No part of this publication may be reproduced, transmitted, or stored in a retrieval system, in any form by any means, electronic, mechanical, photocopying, recording or otherwise, without the prior permission of the publisher.

The moral rights of the author have been asserted.

This is a work of fiction. Names, characters, businesses, places, events, locales, and incidents are either the products of the author's imagination or used in a fictitious manner. Any resemblance to actual persons, living or dead, or actual events is purely coincidental.

This book is sold subject to the condition that it shall not by way of trade or otherwise, be lent, resold, hired out or otherwise circulated, without the publisher's prior consent, in any form of binding or cover other than that in which it is published.

www.ukiyoto.com

Prefacio

"Mi ambición es decir en diez frases lo que otros dicen en un libro entero."

- Friedrich Nietzsche

Hubo la edad de piedra, la edad de la agricultura y así sucesivamente. Enormes periodos de la historia podían agruparse, ya que el desarrollo humano tardaba siglos en pasar de un hito al siguiente. Los cambios generacionales, conocidos popularmente como brechas generacionales, tampoco aparecían de padres a hijos, sino que tardaban varias generaciones en aparecer.

Sin embargo, eso ha cambiado. Los siglos se han reducido, al ritmo de los cambios, a décadas ahora. Las personas nacidas hace unos años se sienten mucho mayores que las nacidas ahora, dado el ritmo de los cambios tecnológicos y, en consecuencia, sociales.

Pero los seres humanos no son máquinas. Este cambio acelerado ha hecho mella en toda la humanidad y, en la carrera por rehuir las tradiciones, por reinventar la cultura, la suerte de los humanos ha acabado con una sola cultura: la egoísta, la de la esclavitud de los sentidos.

Pero toda curva cambiante y ascendente acaba por alcanzar un punto máximo de estancamiento. Si podemos mantenernos hasta ese punto, podremos mantenernos hasta que el sol se enfríe o hasta que Andrómeda se fusione con la Vía Láctea.

Lo que ocurre mientras tanto es que este cambio acelerado de la tecnología, basado en el progreso subyacente de las ciencias, ayudará a los humanos a mantener la Tierra verde, a gestionar la salud mucho mejor, a mejorar la esperanza de vida, a luchar contra las enfermedades y el hambre y a mantener a la gente como nunca antes.

Puede que dejemos de buscar planetas alternativos para nuestra residencia, pero ¿será esta Tierra un lugar "más feliz" o se convertirá en una prisión segura en la que no valdrá la pena pasar el tiempo?

¿Se acabarán las guerras? ¿La gente no tendrá dolor ni pena? ¿Necesitará la gente trabajar con la llegada de la automatización y la Inteligencia Artificial? ¿Los gobiernos serán más poderosos o menos? ¿Qué harán los humanos con el tiempo disponible? ¿Mejorarán las relaciones o el hombre se volverá completamente individualista? ¿Estaremos destinados al cielo o condenados al infierno?

2042 es un intento de sentir el futuro con la lente de las tendencias humanas hacia la codicia y el egoísmo, hacia el afán de lucro y la economía del crecimiento que nadie cuestiona y que se ha tomado como la verdad eterna, hacia el miedo y la autoconservación.

A través de una retahíla de poemas, se han tocado los diversos aspectos humanos del bienestar: las relaciones, las finanzas, el bienestar mental y físico, el dolor y la pena, la codicia y el egoísmo, el amor y el anhelo, el gobierno y los negocios. Nos centramos en la sostenibilidad, y puede que logremos nuestros objetivos dada la hermandad del miedo y la codicia. Pero la felicidad humana nunca ha surgido de estas raíces. Ojalá se demuestre que estoy equivocado...

Escribir sobre el futuro hecho en gran parte de ciencia y tecnología y el impacto que causa en la humanidad, no es fácil de explicar a través de la poesía y, sin embargo, no es la poesía directamente desde el corazón donde menos palabras llevan el mensaje a todos los corazones compañeros....

Espero que el lector disfrute y comprenda el significado de estos 21 poemas para el 42.

Contenido

2042	1
Siempre crédulos	3
Libertad distorsionada	5
El dolor de la soledad	6
Una vida que merece la pena	8
El buen dolor de muelas	10
La historia se pierde en la información	12
Deshonra digital	14
Entretenimiento o iluminación	15
Matrimonio 'Abierto'	17
Empujados hacia el mal	19
Asesinados por especializaciones	22
Atontar	24
Elegir el vacío	26
La revolución	28
Club de salud	29
Éxito satisfactorio	30
La Sociedad	32
La paradoja	35
Guiados por la "Mano"	36

2042

Hay hierba en las carreteras,
un planeta más verde que nunca.
La gente vuela hasta a sus barrios,
La ciencia ha progresado aún más.

Los drones entregan mercancías, transportan personas,
Gente ocupada en sus propios universos.
A punto de nacer con las gafas,
Lo virtual es lo real, Llámalo metaversos.

El cerebro humano se altera,
Poner a dormir, todas las cuestiones de la realidad.
Ya nacido en una ilusión, cegado,
El metaverso ha desarraigado al Todopoderoso.

Ni siquiera ahora entendemos la física cuántica,
No sabemos el por qué, ni siquiera el cómo.
Maravillosos imitadores somos sin embargo, no nos importa,
Usando el trueno sin conocer la luz o el sonido detrás.

Usamos la ciencia, buscamos la utilidad,
La tecnología era el fin, los medios podían no tener sentido.
Copiamos, enarenamos, creamos,
Tuvimos éxito más allá de lo que imaginábamos,
Hasta a Dios automatizamos.

2042

Ahora tenemos un planeta verde, recursos suficientes,
La gente tiene todo lo que desea.
La Tierra es el nuevo cielo en todos los sentidos,
Pero, ¿es la dicha que buscábamos...

Como ganado somos conducidos, útiles y sin sentido,
Nuestro universo ahora, una creación del prójimo.
Los recursos suficientes no son infinitos,
La codicia humana no está fuera de la ecuación.

El plano ha cambiado, esta dimensión,
Hay nuevos miedos, nuevas penas.
El rey necesita súbditos, para ascender,
Era verdad ayer, lo será mañana.

Hay guerras, enorme competencia,
Los capitalistas fomentando el socialismo sin
inmutarse.
La población dependiente de la corporación,
Muy pocos hacen negocios, el resto más encadenados.

Siempre crédulos

Los caminos secos de sus mejillas aún visibles,
Nuevas gotas de lágrimas eligieron lo mismo para su viaje.

No es que hubiera novedades,
Mareas de recuerdos seguían llegando, no disminuían.

Los recuerdos no de la bala que le alcanzó,
Ella no estaba en el campo de batalla, sólo podía imaginar.

Los recuerdos sin embargo, de lo que él solía ser,
El hijo encantador, sin él, ella no era una mami.

Le habían encantado sus armas de juguete, sus municiones,
Siempre había dicho, "moriré por la nación".

Ella solía pensar en lo noble de su ambición,
Solía imaginarlo como un soldado, nunca como un debilucho.

Las guerras son necesarias para la paz, le decían,
Nadie le recomendaba cómo aguantar las lágrimas de mamá.

Toda esta charla - valentía, medallas, y esas cosas,
Su orgullo se disipó, ella quería desairar.

'El orgullo es falso, el dolor real', pensó,
La guerra es una propaganda que ella
desafortunadamente había comprado.

"La guerra por la paz" es falso, este "catch 22",
El hombre no ha aprendido ni siquiera en 2042.

Libertad distorsionada

Quiero ser libre', dijo la cuerda de la guitarra,
rompió los ganchos, dejó la guitarra inoperante.

La mujer, el marido, la hija, el hijo,
Cada uno exigiendo independencia, su visión
distorsionada...

Indiferente, insensible, esta neo individualidad,
El mundo un alboroto, la sociedad un tumulto.

El énfasis en los placeres, los sentidos han ganado,
Todos nosotros esclavos de los sentidos luchando,
unidos sólo en la disensión...

Pero sin la cuerda, puede la guitarra evocar melodía,
Sin hijo, hija, padres, ¡dónde está la familia!

El mundo, para que este planeta sea,
Estoy ligado a él, como él está ligado a mí.

El dolor de la soledad

Sorbiendo la taza de café de la mañana,
se dio cuenta de que para el resto del día, era libre.

Había construido un software, había ganado para
siempre,
Nunca tiene que trabajar de nuevo, no es feliz, sin
embargo.

Nació a principios de siglo,
Trabajó duro, soñaba con el éxito, se mantuvo feliz.

Había cubierto las numerosas millas,
Todo lo que tenía ahora - recuerdos y una sonrisa
irónica.

¿Qué es esta vida, incluso con el dinero,
El éxito parecía tener su propia tarifa.
'Tengo un día entero para mí, pero,
con quién lo comparto, no estoy conectado'.

Los niños están ocupados, la esposa se ha ido,
La falta de una familia, sólo podía quejarse.

Los deportes, la realidad virtual, pueden mantenerlo a
uno ocupado,
Pero en el fondo de su corazón, sabía que estaba
triste.

El mundo parecía lleno de fantasmas,
Cabezas agachadas, caminando, observando sus "puestos".

La mayoría, sin embargo, en casa, inmersos,
Las siguientes generaciones, más bien 'metaversadas'.

Las brechas generacionales solían durar décadas,
Con el desarrollo de la tecnología, mucho más rápido se hizo.

No cien años separaron los pueblos dos,
Al igual que 1942 y 2042.

Una vida que merece la pena

La encantadora ciudad eligió su rincón más lejano,
Los lugares para la cremación, no podían estar en el centro.

Ahora la gente vivía mucho más, pero seguía muriendo,
La ciencia, el hombre, odia un desafío perdido y suspira...

Los viejos temen aún más su muerte,
Solitarias, lamentables vidas extendidas en la cama...

Paradójico es entonces, que quieren morir,
Vivir para siempre de hecho una maldición, a sí mismos no pueden mentir.

Este tiempo extra en este mundo moderno,
Saltos gigantes mantienen en pie los edificios viejos.

Vivir más tiempo, con anhelo, ¿tiene sentido?
¡La vida es en momentos uno se atreve a morir!

Tres generaciones solían vivir juntas,
La vida era hermosa sin vivir para siempre.
Ahora seis generaciones permanecen vivas,
La familia pero se ha ido, ¡Nadie es ingenuo!

La ciencia está trabajando duro sin embargo a la
inmortalidad,
Irreverente a las consecuencias, apreciando su propia
belleza...
Los viejos viven el siglo pasado despistados,
Mientras los jóvenes y aburridos acaban con sus
vidas...

El buen dolor de muelas

'Pon el juego de RV a un lado y por favor,
cómete el bocadillo frío".
La petición de la madre es una imploración,
'No me molestes, perderé el juego'
La respuesta indiferente del hijo.

Volvió más tarde con una queja,
Le temblaban los dientes de leche, le dolían.
Mientras la madre intentaba y consolaba,
'He perdido todo mi dinero', dijo.

La madre, desconcertada, soltó,
¿Cómo has podido? Ni siquiera tienes permiso".
Escribí que tenía dieciocho años", sonrió.
No necesitaba tu dinero fiduciario, así que utilicé mi
criptomoneda para jugar".

No tenía amigos, excepto en el metaverso,
La compañía de juegos le pagó para que se inscribiera.
En ese instante, deseó que el tiempo se invirtiera,
No era curioso, infantil, y se aburría...

Obtuvo todas las respuestas en su mundo virtual,
Incluso a las preguntas el derecho a responder que,
La madre merecía...
A los ocho, no conocía el asombro, ni la maravilla
Lo sabía todo, No tenía reverencia.

Sus huesos débiles por falta de ejercicio,
La mente estaba desordenada, realidad confusa.
Su atribulada existencia alucinada,
En sus ojos, sintió una lágrima, ¡compasión en su corazón!

'Cómo puede la tecnología estropear el mundo', pensó,
Después de todo, ella lo había traído a este mundo.
Tantos habían protestado, esta política de riesgo,
Llevando la tecnología demasiado lejos, impulsada por la economía.

El hijo lloró de repente, ella miró asustada,
El diente de leche había salido, él estaba llorando.
Ella se sorprendió y se alegró,
Se dio cuenta de que era la rara visión de su inocencia...

La historia se pierde en la información

La historia era mejor,
Cuando teníamos una versión
De la verdad, aunque amarga,
No necesitaba ni podía tener revisión.

Se complicó con la abundancia,
Tantos informes, comentarios contradictorios,
No se puede decir lo que es verdad, todas las opiniones.
Por un lado, todo el tiempo humano,
Por otro, este siglo.

Versiones retorcidas, medios de comunicación motivados,
Control gubernamental indirecto, esta cornucopia.
Estamos enseñando a las generaciones lo necesario,
Demasiado para tragar,
Ellos tienen su propia historia.

Por lo que es la expectativa de un joven,
Él ve claramente que su padre fracasó.
Libramos guerras, Somos capaces de destrucción masiva,
No el amor o la paz, Sólo el miedo nos impidió descarrilar.

El joven compite por el premio del presidente de una nación,
El presidente es llamado a la guerra, un asesino aún más.
A quién creer entonces, cuál es la acción correcta,
La historia es su historia o ella, ¡perdió la lección!

Deshonra digital

Con cuarenta y tres años,
era casi una millennial, una gen Z.
Había sido testigo de la revolución del correo
electrónico, de la movilidad,
Fue el arquitecto de la ingeniería metaverso.

Ella estaba rota, sin embargo, en terapia,
Su creación había sido, para ella, traumática.
Los avatares digitales, excelente tecnología háptica,
Le hizo sentir el manoseo, la locura de la pandilla.

Era más que la ansiedad del "post no me gusta",
Se sintió real cuando su avatar fue agredido
brutalmente.
La calumnia o la difamación parecían infantiles en
comparación,
'Deshonra Digital' era del día, la realidad más
aterradora.

El avatar era tan avanzado que tenía su propia
psicología,
Distinción que debía hacerse más allá de la lógica,
éticamente.

Entretenimiento o iluminación

Hace una generación, en el año 27,
los robots reemplazaron a los hombres trabajadores.

No hay coches en el aparcamiento de la oficina,
Sin olor a café, sin necesidad de tetera.

La gente se preguntaba qué debían hacer,
Siempre habían estado ocupados, para esto no tenían
ni idea.

Sin embargo, el gobierno lo había visto venir,
Nuevas leyes para las personas, aseguraron un flujo de
caja garantizado.

Uno podía sentarse y respirar tranquilo,
Hacer lo que quisieran, relajarse o mantenerse
ocupados.

Por una vez, había tiempo, la promesa de la
iluminación global,
Sin embargo, los negocios eran la realidad,
la atención se centró en el entretenimiento.

La guerra seguía siendo un buen negocio,
Nueva demanda, buenos márgenes, nadie se
molestaba en matar.

¡Pero el entretenimiento! Sin problemas éticos obvios,
El mundo entero era cliente potencial.

La tecnología ya se había puesto a la altura de las circunstancias,
Uno tenía AI, Automatización y Realidad Virtual.

La gente se sumergió, probó, experimentó,
Se sumergieron en la tecnología inmersiva.

Las vidas cambiaron, también la cultura, todo el firmamento,
Se fue la ilustración, trajo el entretenimiento.

Matrimonio 'Abierto'

Te amaré hasta la eternidad", se habían prometido,
Los invitados habían aplaudido, el pasillo estaba asombrado.
Vivieron la vida feliz,
Los mejores amigos también, marido y mujer.

Entonces sucedieron los años 30, amaneció la luz oscura,
Cambios sin precedentes, las crisis impulsadas por la tecnología.

La vida social había terminado,
Incluso los problemas reales tenían soluciones virtuales.
Nuevos "universos" además,
El marketing trabajaba horas extras.

Libres físicamente, desconcertados mentalmente,
Compraron el esquema...
Inocentes ovejas amantes caminaron con cautela, pero sin miedo,
hacia el infierno, el gran tema del diablo...

Ya no tenían tiempo el uno para el otro,
Sin placeres compartidos, cada uno a su inútil tarea.
Sin amigos, sin parientes, un desierto lleno de arena,
El planeta verde acero, convertido en un Zombieland...

Sin embargo, sus "avatares" tenían amigos,
Una vida social rápida allí, aunque fuera, lenta.
Ella decidió o tal vez, su avatar lo hizo,
'salir' con otros que ella quería.

Los matrimonios solían hacerse en el cielo,
Ahora, se pedía un matrimonio 'abierto'...

Empujados hacia el mal

Si Dios lo controla todo, ¿por qué el mal?
¿O hay un Dios y, aparte de él, un Diablo?

Pero, Dios, por definición, controlaría al Diablo,
Entonces, tanto el bien como el mal,
¡Son esencialmente la voluntad de Dios!

El universo es energía, ya lo descubrimos,
Ya sea materia, luz o sonido.
Incluso nuestras emociones profundas...

La energía, aunque neutra, En tres formas se manifiesta,
La activa, la equilibradora y la que descansa.

La positiva, la negativa y la neutra,
Fuerzas duales de nuestro mundo.

Incluso el más pequeño, el único átomo,
Tiene el electrón, el neutrón y el protón.

Se puede caminar o se puede correr,
Sin equilibrio, la gravedad nos arrastraría.

Tenemos el poder de la creación,
De equilibrio y de destrucción.

Tenemos miedo, tenemos rabia, envidia, tentación,

También tenemos la calma de la discreción.

El equilibrio perdido, consciente o
inconscientemente,
No veas la semilla, en nuestra cara está el árbol.

El acróbata en la cuerda, no se queda quieto,
Se mueve a la izquierda, se mueve a la derecha,
mantiene el equilibrio.

Entonces, ¿por qué Dios hizo este mal,
La rabia, la ambición, los celos y la envidia.
Atados por esta naturaleza, nosotros los humanos
todavía,
No vemos que necesitamos la noche para el día,
La tristeza para ser felices.

Este equilibrio no es fácil aunque con nuestras mentes
conscientes,
Sólo intelectualmente entender y más tarde, el
arrepentimiento.
Decidimos en base a nuestro intelecto pero,
El más poderoso es el subconsciente.
Nos pone en una dirección diferente,
Una clara paradoja, la adicción inquebrantable.

Dos personas en una, somos cada hora,
Uno entiende, resuelve pero no tiene poder.
El otro, poderoso pero mal oyente,
Necesidad de ir más allá del intelecto,
Necesidad de romper la barrera.

El mundo de hoy, un reino de intelecto,
Capas de ilusión en las que invertimos.
Cada día más lejos, de la realidad,
Sin religión, sin paz, mantenemos a raya la felicidad.

Asesinados por especializaciones

Los jóvenes, con su educación, tenían suerte,
Una saludable dosis de habilidades, desde el judo a la geometría.
Preparados para todo en el mundo aparentemente,
Para algunos eran conscientes, para otros inconscientes.

Entonces un día, fueron sondeados casualmente,
¿Dónde quieres aterrizar, qué quieres perseguir?
Escoge uno, deja el millón de otros inmediatamente.
No tenían ni idea.

La confusión era obvia, pero lo más importante
Empezaron a morir por partes, hasta entonces habían vivido enteramente.
No eran robots, no habían sido programados,
Para ser bueno en una cosa, y ahora esta demanda ...

Esto no era todo - tenían que formar una familia,
Gestionar el cónyuge, los hijos y sus habilidades.
Una envoltura se puso en la expansión consciente,
Una frontera hecha por el hombre en el planeta, llamado país.

Pero el hombre siguió trabajando espontáneamente,
La vida falsa había comenzado, construido posteriormente.

Como una pequeña llama, entre las cenizas encendidas,
Un débil aliento de un lecho de muerte, la vida menguante.

Atontar

Mientras el sentido común cojeaba,
Y la lógica humana cojeaba.
Mientras la sociedad ratificaba planes
De destrucción y sonreía a los mismos.

Mientras el beneficio se convertía en la única religión,
Y la religión se tildó de locura.
Mientras la gente se conformaba con ser esclavos,
Para perderlo todo y no ganar nada.

Mientras la civilización firmaba con gusto
Su propia sentencia de muerte en la línea de puntos.
Mientras las masas decidían hundirse,
Los inteligentes no salían de la ciudad.

Mientras las naciones derrochaban sin cesar
Dinero en el mundo futuro.
La intelligentsia tenía un impulso social,
Para mezclarse bien en la sociedad alrededor,
Ser parte de la multitud.

No, no estaban fuera de la ciudad,
Podrían haber objetado, educado a las masas.
Pero prefirieron 'atontar'...
Hace falta valor para desafiar, ¡enfrentarse a latigazos!

Estaban seguros de que más tarde "espabilarían",
Una vez que la transformación fue total.

Pero como el inconsciente se congela,
Levantarse imposible después del alcohol.

La inteligencia que pidió a caer,
Para mezclarse mejor, socializar,
Irónicamente ese proceso se detuvo,
A medida que el interrogador dejó de existir.

Una persona borracha recupera los sentidos más tarde,
Al igual que la inteligencia.
Pero parecía que las células cerebrales alteradas,
Su cosa original había desaparecido.

Mientras tanto los "otros" los menos inteligentes,
Intentando lo contrario - para espabilarse.
El proceso bidireccional comenzó,
Los enfoques opuestos contradictorios.

El resultado final, curiosamente,
no fue un equilibrio de inteligencia.
Fue exactamente lo contrario,
El más inteligente sirviendo a su contraparte "menor".

No es la diligencia o trabajar duro,
Perseverancia y determinación de la media,
Era la ruina del genio,
Una versión distorsionada, ¡la trampa social!

Elegir el vacío

El festival de las luces y los sonidos,
La gran extravagancia.
Celebrado en chats de todo el mundo,
Las sombras de 'Deepavali' en la India...

La familia conjunta desapareció hace mucho tiempo,
Cuestionada por el neo intelecto.
Las celebraciones en torno al recién nacido,
Renunciado, olvidado, relegado.

Los matrimonios tomaban minutos, La búsqueda de
la eficiencia,
Los novios reflexionaban,
En el vacío, esta supuesta urgencia,
Nadie alrededor, ninguna risa, no se sentían
bendecidos.

Evolucionamos, cuestionamos, todo un proceso,
Rechazamos la tradición y la cultura por quién.
Elegimos la eficiencia, olvidamos la eficacia,
Por falta de cultura, entramos en un vacío.

Lo viejo debe ser rechazado si es irrelevante,
Pero su lugar debe ser ocupado por lo nuevo.
Las flores decorativas menos el aroma,
Los humanos en el vacío no refrescan, no renuevan.

Las "artes" estaban muertas, la ciencia era suprema,
Mientras la mente gobernaba, sufría el corazón.
Atrás quedaron los días del sueño amoroso,
Vivir se entendía, el amor en el mart.

La revolución

La necesidad de cambio, los jóvenes no la entendían,
ni siquiera la fingían.
Era una revolución de los viejos.
Los jóvenes no conocían el mal con el reinado,
Como el oso polar no conoce el frío.

Una década más para disolver,
Para descomponer lo que había sido, y moverse.
Más allá de la resolución de cualquier hombre viejo,
El hombre moderno demostraría.

Se necesitaron huesos viejos y amor,
Porque su tiempo se había ido.
Suficiente habían visto y oído,
Y había que mostrar esa luz.

Para explicar la oscuridad al sol,
O la luz a los ciegos,
Sin tecnología, podría existir lo humano,
Difícil de absorber para la nueva mente.

Tomaron a los incendios provocados, una gran
multitud de edad,
Rompieron las puertas de los asilos.
Demasiados orgullosos del viejo mundo,
De las cenizas, surgió el nuevo humano.

Club de salud

El cálido sol de diciembre,
Las órdenes automáticas del instructor.
Se pedía a la gente que mantuviera las manos en alto,
Obedecían a regañadientes, pero no sin suspirar.

Las sesiones de salud eran obligatorias,
Regulado por el gobierno para mantener a la gente sana.
Seguían meditaciones guiadas,
Concluía con la sesión semanal de "respira bien".

¿Qué hay para mí? ¿Cuál es el beneficio?
El lenguaje en todas partes, sólo de beneficio.
Perdimos las "artes", ganamos dinero,
Elegimos la lucha mental, perdimos la calidad de vida...
Ahora el 'anormal', la mayoría era neurótico,
La vida extrañamente ocupada, pensamientos caóticos.
La población sin vacilar tomando pastillas,
Asistía al retiro de salud en las colinas...

Éxito satisfactorio

Uno sigue caminando recto, sin cambiar de dirección,
Llegará al mismo lugar en este planeta.
Todo el mundo tratando de optimización prematura,
¡No es la libertad la capacidad de corregir el rumbo!

Para elegir la habilidad y la aplicación necesarias,
No para optimizar, sino para recoger.
Nuevos retos, utilizando el aprendizaje y su agregación,
Los seres humanos entonces prosperar, no en darse por vencido.

Todo fue un gran éxito,
El que no satisface.
Enfatizar demasiado el pensamiento único,
¡Sin valor para desafiar a la sociedad, para negar!
Una planta crece en el desierto,
En la sequedad, su corazón.
No le irá bien en la selva tropical,
Con todo el cuidado y la comodidad.

En la satisfacción laboral, se manifestó la libertad,
Las cosas cambiaron; trabajos sustituidos en las décadas siguientes.
Un estado de ánimo positivo, una mentalidad de aprendizaje,
El mundo necesitaba redefinir el éxito.

Ni el crecimiento QoQ, ni la abundancia de dinero,
Para apaciguar el alma y el corazón.
Seguir al corazón no causa ineficacia,
espontaneidad desde el principio.

La Sociedad

Necesitábamos comida, ropa y cobijo,
Esa necesidad se convirtió en una codicia subyacente.
Indicios de un miedo profundamente arraigado,
Imitación, aceptación y obediencia de hecho.

Obedecer era este extraordinario instinto,
Surgió de nuestro anhelo, la fuerza motriz.
Incluso los humanos son máquinas repetitivas,
Corriendo en vano, aislados de la fuente.

Buscando una recompensa, nunca realmente libres,
Como el hombre asustado de ser castigado.
Antes era el miedo,
El cebo ahora era la codicia del hombre.

Ansiábamos la inclusión en este mundo nuevo,
Entrar en este codiciado club.
La soledad era temible, quedarse con los pocos,
Las masas no son valientes, no pueden soportar el desaire.

El individuo entonces no se conoce a sí mismo,
Tan perdido en quién se supone que es.
Todo lo que es, es una ayuda automatizada,
Incapaz de reír, sonríe irónicamente.

Este individuo, la sociedad representa,
Sin amor, sin pasión, sin sentido de la vida.

Experimentar e interpretar las cosas a través de mapas mentales,
¡Asumen que la forma en que ven, es la forma en que las cosas deben ser!

Excavada por la curiosidad, esta sociedad moderna,
Parloteo sin sentido y charla ociosa.
Cerebros demasiado embotados para adquirir madurez,
A las formas mundanas, siguen cayendo de nuevo ...

Complementándose mutuamente, el loto y el agua,
Tan importante como la vida, es su expresión.
Una expresión distorsionada desfigura más tarde la vida interior,
El individuo perdido, la degradación de la sociedad.

Las masas votan en esta nueva democracia,
Pocos para elegir, es un estado de bienestar.
No hay necesidad de ser recto, no hay necesidad de exactitud,
Las mayores prestaciones ganan, ¡el único destino!

Hay lecciones para enseñar el camino,
Cuando la bondad se pierde, hay moralidad.
Nada les importa al final del día,
Esto es 1942, nada malo para esta sociedad.

Cuando la sociedad siente que ambos son conocidos,
El principio y el fin.
Todas sus desgracias entonces,
¡El hombre debe atender!

La paradoja

Lo que llegó a molestarles, fue el trato más antiguo,
Las paradojas eran ciertas y desconcertantes aún.

Lucharon contra la nada, el vacío,
La mente llegó a molestarles también.
Fue esta acentuada crisis de la mediana edad,
En el verano de veinte cuarenta y dos.

No pudieron evitar observar y notar,
El olvido gradual de los defectos obvios.
Defectos populares que las masas votan,
La mente diluida, demasiado atontada para perseguir,
Los placeres del inconsciente.

¿Estaba la tecnología iluminando a los tontos?
¿O atontando también a los ilustrados?
La paradoja del jabón en el agua sucia,
En el verano de 1942.

La realidad es que todo es irreal,
¿Qué se puede hacer entonces?
Ser infantil, vivir con lo que es y sentir,
En el verano de los años cuarenta y dos.

Guiados por la "Mano"

Qué pasará en un millón de años,
El sol se enfría, la tierra desaparece.
Cien años, el miedo de la gente,
las ciudades sumergidas para.

Predecir el futuro se hace más fácil,
La definición de futuro ampliado.
Sin embargo, no podemos predecir el mañana,
Debilidad evidente de nuestras mentes, nuestra cabeza.

Si Dios está dirigiendo todo,
Él habría planeado de antemano.
O el caos demasiado grande, incluso para Él,
¡No puede dejar el mundo al azar!

Cada variable afecta a todas las demás,
Numerosas las posibilidades y más.
No sólo el presente, incluso las interacciones futuras,
Infinitas las permutaciones a tener en cuenta.

El destino es razonable, pero necesita
el brazo del destino para guiarnos.
¿Existe entonces el libre albedrío?
Sólo por diversión, se podría suponer.

La mano que nos guía vuelve a entrar,
Corrigiendo caminos, redirigiendo con calma.

El hombre no lo ve venir,
La mano corrige, ¡incluso con finales abruptos!

Sin embargo, los humanos en la mayoría de los casos,
necesitan un empujón, no un golpe...
Para los llamados corredores inteligentes del mundo,
¡Están dormidos, casi inconscientes!

www.ingramcontent.com/pod-product-compliance
Lightning Source LLC
LaVergne TN
LVHW041640070526
838199LV00052B/3480